Une pierre sur la route

« Une pierre sur la route ? »
s'étonne Lapin.
« Étrange, hier, il n'y avait rien. »

« Qu'est-ce que tu regardes ? »
demande Castor.

« Une pierre sur la route »,
répond Lapin.

« Elle est gigantesque ! »
s'exclame Castor.
« Comment est-elle arrivée là ? »

« **Qu'est-ce que vous regardez ?** »
demande Grenouille.

« **Une pierre sur la route !** »
répondent en chœur Lapin
et Castor.

« Elle est toute lisse ! »
s'exclame Grenouille.
« Comment est-elle arrivée là ? »

« Qu'est-ce que vous regardez ? »
demande Écureuil.

« Il y a une pierre sur la route ! »
répondent en chœur Lapin,
Castor et Grenouille.

« Elle est parfaitement ronde ! »
s'exclame Écureuil.
« Comment est-elle arrivée là ? »

« Qu'est-ce que vous regardez ? »
demande Oiseau.

« Il y a une pierre sur la route ! »
répondent en chœur Lapin,
Castor, Grenouille et Écureuil.

« Elle a l'air très lourde ! »
s'exclame Oiseau.
« Comment est-elle arrivée là ? »

« **Aucune idée !** »
répond Lapin.

« **Et impossible de passer, du coup** »,
ajoute Castor.

« **Nous devrions la déplacer...** »
suggère Grenouille.

« **Peut-être qu'elle appartient à quelqu'un…** »
dit Écureuil.

« Essayons de la pousser ! »
propose timidement Oiseau.

Ho hisse !

a...aa...aaaaa...

« Tiens, qu'est-ce que c'est ? »